J. L. LARROSA

CONTOS EMBRIAGADOS

Labrador

© J. L. Larrosa, 2023
Todas os direitos desta edição reservados à Editora Labrador.

Coordenação editorial Pamela Oliveira
Assistência editorial Leticia Oliveira, Jaqueline Corrêa
Projeto gráfico, diagramação e capa Amanda Chagas
Preparação de texto Lucas dos Santos Lavisio
Revisão Mariana Cardoso
Ilustrações Leonardo Freitas

Dados Internacionais de Catalogação na Publicação (CIP)
Jéssica de Oliveira Molinari - CRB-8/9852

Larrosa, J.L.
   Contos embriagados / J.L. Larrosa
   São Paulo : Labrador, 2023.
   96 p.

   ISBN 978-65-5625-431-9

   1. Contos brasileiros I. Título

23-4919   CDD B869.3

Índice para catálogo sistemático:
1. Contos brasileiros

Labrador

Diretor-geral Daniel Pinsky
Rua Dr. José Elias, 520, sala 1
Alto da Lapa | 05083-030 | São Paulo | SP
contato@editoralabrador.com.br | (11) 3641-7446
editoralabrador.com.br

A reprodução de qualquer parte desta obra é ilegal e configura uma apropriação indevida dos direitos intelectuais e patrimoniais do autor. A editora não é responsável pelo conteúdo deste livro. O autor conhece os fatos narrados, pelos quais é responsável, assim como se responsabiliza pelos juízos emitidos.

*Para minha mãe,
que me fez gostar de
um livro de banho
quando criança.*

Sumário

Prefácio — 7

Distância entre dois galhos — 11

Entre dois espaços cheios,
só há o meio vazio — 15

Para o Observador — 19

Dedicação — 23

Cúpula do saber — 25

O rebanho — 31

O bom grão de areia — 43

Mesa — 47

Botões — 49

Casa quase no fim da rua — 53

Traição — 67

Asas para pequena — 69

Ovelha e suco de uva — 77

Juízo — 83

O que não pensar de Jucileia? — 85

Coroa — 87

Posfácio — 93

Prefácio

Vocês conhecem a história daquela menina curiosa que segue um Coelho Branco que usava relógio e colete? Aquela que mergulha sem pensar numa aventura para um mundo novo? Nesse mundo, repleto de animais e objetos antropomorfizados, ou seja, que pensam e agem como pessoas, Alice, a garota, encontra diversos personagens, como a Lagarta, o Chapeleiro Maluco, o Gato de Cheshire, a Rainha de Copas. Ela é confrontada com o absurdo, com o impossível e questiona tudo que havia aprendido até ali. Quando é atacada pelos soldados da Rainha, ela acorda e descobre que toda a viagem não passou de um sonho que teve. Entretanto ela já não é mais a mesma menininha; aquele sonho a transformou.

Ao abrir este livro, me imaginei como ela, adentrando em um universo novo, que algumas vezes mostra vacas falantes ou árvores que se amam e esperam anos para ficarem juntas. O absurdo e o impossível aparecem em *Contos embriagados*, mas, diferente de Alice, nós não estamos dormindo. Estamos bem acordados e podemos observar que os contos curtos do livro estão repletos de referências e críticas sobre a cultura de nossa época, assim como o livro de Lewis Carroll em relação à época dele.

No seu livro de estreia, o jovem autor J. L. Larrosa já nos ensina que a vida é feita de escolhas e que toda escolha implica perdas — algumas delas são irreversíveis. A grande questão é que, se não escolhemos, se tivermos que esperar alguém decidir por nós, a vida pode não ser o que desejamos e podemos cair em um vazio do qual não conseguiremos mais sair.

Somos alertados também que o Tempo continua sendo o senhor do Destino. Na mitologia grega, Chronos era a personificação do tempo eterno e imortal, e governava o destino. Para os nossos contemporâneos, o tempo é matéria da vida e da morte. Aliás, em diversos contos do livro, ela, a Morte, é uma presença importante. Em um dos contos, por exemplo, nem ela consegue separar crianças que gostam de brincar juntas.

Além disso, as metáforas nos relembram, com grande ênfase, que precisamos lidar com as mudanças. Não queremos enfrentar essa realidade, mas a única certeza que temos — ainda — é a de que, a cada dia, a lua sucede o sol e que alguns estão nascendo, enquanto outros estão indo embora. Ainda que a nossa cultura tecno-ocidentalizada deseje negar, a vida é feita de ciclos e de impermanências. Cabe a nós criarmos os nossos próprios rituais.

Com ironia e sarcasmo, vemos um livro que questiona alguns hábitos ou valores que já não cabem mais em uma sociedade que deseja ser acolhedora para todas as pessoas e seres que nela habitam.

Os humanos e suas ambições não são — ou não deveriam ser — os únicos a darem as cartas sobre o que é ou não é importante para todos. Os entes da natureza, como rios e árvores, acordam-nos para a necessidade de autoconsciência que nós, humanos, ainda não alcançamos.

É por tudo isso que os livros são tão perigosos e, em inúmeros momentos da história da humanidade, eles se tornaram objetos que precisavam ser banidos, e seus autores viraram inimigos públicos.

Com risos, com lágrimas, com raiva, com a respiração suspensa, com medo ou sentindo tudo ao mesmo tempo, este livro nos leva para o que a arte tem de melhor: provocar nossos sentimentos e nossa reflexão.

Precisamos lutar para que, cada vez mais, a literatura esteja viva, pulsante e que sempre seja renovada por jovens como J. L. Larrosa.

Vamos, então, nos embriagar de histórias, bebendo, vagarosamente ou com sofreguidão — aí vai de cada leitor —, as suas palavras.

Alê Magalhães
Autora de *eu me vingo escrevendo*

Distância entre dois galhos

Quando o anjo enviado por Deus foi pintar aquela paisagem durante a criação, tenho certeza de que não visualizou o que acontecia ali. Dentre os vários meandros que minhas águas correntes formavam, duas árvores em especial me chamavam atenção. Ficavam em margens opostas, uma bem em frente à outra. Por ser mais velho que as duas, presenciei todo o caso, e aqui fica meu relato:

Eram dois brotos ainda. Plantinhas insignificantes, se comparadas com todo o resto que me cercava. Com formato e cores diferentes, batiam papo naquelas vozes infantis o dia inteiro. Não paravam de conversar sobre as nuvens, o vento, os insetos. Diziam o quão bom estava o sol. Eu achava que era coisa de criança.

Cresceram, mas não o suficiente para darem frutos ou terem troncos fortes. O assunto das conversas mudara. Comentavam sobre suas raízes que ficavam expostas ao saírem da terra e tinham as pontas submersas em mim. Enquanto uma falava das flores que brotavam, a outra elogiava a tonalidade das folhas. Risadinhas se tornavam cada vez mais comuns, e, às vezes, uma pedia para um passarinho levar alguma plantinha ou semente para a outra. Um dia, vi um grupo de peixes conversando com a da esquerda. Ficaram horas e horas cochichando para não serem ouvidos. Quando o céu escureceu e a lua assumiu seu turno, a árvore juntou toda a coragem acumulada por anos e revelou seu amor. Foram horas e horas descrevendo a felicidade de poder ver quem via todos os dias e desfrutar daquela voz por horas a fio. A outra árvore deixou algumas gotas de seiva escorrerem e falou que o sentimento era recíproco. Juraram amor eterno. Foi tão bonito que cheguei a chorar, mas, como sou feito de água, ninguém notou. Os patos e as garças aplaudiram em companhia dos animais terrestres. O lugar entrou em festança até o amanhecer. Havia, porém, um problema: eu estava bem no meio, separando os recém-noivos. Senti tanta culpa, e os santos sabem como senti! Se pudesse, pegava minha correnteza e ia para outro lugar, mas não tinha essa capacidade. Elas entendiam isso. Na mesma noite, apontaram o crescimento dos galhos à frente para que, algum dia, pudessem ficar de mãos dadas pela eternidade.

Talvez, pelo fato de que sempre serei sozinho, tendo por companhia apenas aqueles que habitam minhas águas, e por me estender até perder de vista, eu seja mais rabugento. Mas não é só pela idade. Centenas de anos passaram, e, apesar de muitos terem envelhecido, mantiveram acesa a chama da paixão adolescente. Falavam de afeto do mesmo jeito que na juventude. As folhas dos galhos que se aproximavam para formar o arco verde que selaria o casamento faziam cada vez mais sombra em mim, e a natureza aguardava ansiosa o dia da união.

Mais décadas vieram. Àquela altura, eu já estava ficando cansado. Era mais difícil respirar, e tinha algumas manchas na minha pele aquosa. Coisas que eu não havia visto nascer flutuavam em mim, e, quanto mais longe da minha nascente, menos peixes eu tinha. Era uma alegria, porém, ver aquele ponto do meu trajeto. Ambas enormes, imponentes, de casca grossa, altas. Faltavam poucos centímetros para cumprirem suas promessas de toda a vida. Um passo para o toque.

Se você viveu neste mundo, deve concordar comigo como é curioso o gosto do Tempo para presentear seus filhos. Nunca vou esquecer quando essa criatura que andava sobre duas patas chegou ali e fincou a coisa gigante e barulhenta que tinha nas mãos em uma das árvores. Pedaços de madeira voaram para todo lado, e, depois de segundos, o baque do tronco no chão assustou os pássaros ao longe. No lugar, foi construída uma coisa quadrada e acinzentada que nunca disse uma palavra. Quando me atravessaram para cortar a outra árvore que atrapalhava a obra por causa dos seus galhos, encontraram-na oca, com as folhas secas e sem cor, precisando só de umas batidas para vir abaixo.

Entre dois espaços cheios, só há o meio vazio

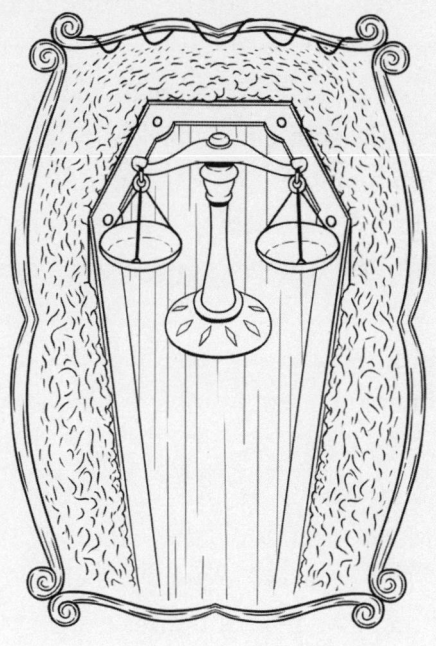

Frederico estava apertado e tinha os braços totalmente imobilizados. Comprimido ali entre duas paredes que não eram visíveis. Impossível conseguir lembrar onde estava no instante passado àquele. Só sabia que tinha o pulmão mal recebendo ar. Olhando reto, não se enxergava nada além de nada. Lutava para se mover, mas nem as pernas obedeciam. Então mexeu os olhos; estes, pelo menos, podia controlar.

Do lado direito, vinha a luz que melhorava tudo. As casas bonitas e os palácios construídos em ouro. O sol estava alto no céu: forte, imponente, glorioso. As pessoas que caminhavam pelas ruas limpas eram bem-arrumadas. Luxo, pompa e beleza brotavam de todo o canto. No meio da avenida, dois corpos conhecidos estavam estirados. Seus pais tinham sangue escorrendo, com mosquitos dançando alegres. O coração do menino subiu pela garganta e disparou. Ninguém parecia perceber seu pai e sua mãe mortos. O grito não saiu, ficou preso junto das batidas. Estavam apodrecendo rápido e até sentia o cheiro ruim. Mesmo assim ninguém olhava, mas pareciam cumprimentá-lo com admiração. Num alto prédio ao longe, sua foto com anúncio. "O modelo do mais rico empresário", dizia o outdoor. Sem ele entender, outro sentimento começou a dividir espaço. O orgulho se misturou com o pavor no peito. Os cadáveres eram assustadores, mas bela era a placa. Suas mãos suavam e o corpo tremia, porém sorria.

Quando virou para o lado, a visão era outra. Era sua rua, mas velha e feia, sem cor. Sua casa tinha partes caindo, com o gramado seco. Viu a si mesmo vindo mais adiante da estrada. De óculos sujos, costas curvadas por causa da mochila. O maior susto veio quando viu mãe e pai. Alegres, saíram de dentro da cabana para poder esperar. Abanaram para o seu outro eu que chegava rápido. Em todos era o sorriso largo carregado com gosto. Seu cachorro, de cabeça bem erguida, abanava o rabo. Estavam todos velhos, mas a tranquilidade era muito presente. Visível como a falta de dinheiro que os assolava. A fome era tão companheira quanto a própria família.

Virou rápido à direita, vendo o medo orgulhoso novamente. Sua imagem pomposa aparecia em mais lugares que antes. As lojas agora carregavam seu nome e haviam crescido. Os corpos ainda mais podres acumulavam bichos que roíam. Ao seu lado, outro ele abraçava os pais, cansado. Agora havia muito lixo na frente da casa, cheirando. No fundo, havia muita fumaça pintando o laranja anoitecedor.

Fedor de cadáveres e lixo deixavam respirar muito pior. O corpo doía enquanto vislumbrava pensamentos dentro da cabeça. Pratos vazios, cadeiras acolchoadas, bicicleta enferrujada, colunas brancas, dedos. Fazendo o que podia, beliscou-se, esperando acordar a salvo. Isso não aconteceu; só piorou o que já arruinava. Olhou o meio, onde enxergava nada além de nada. As paredes que não se viam foram juntando, rápidas. Em algum momento teria de escolher um dos lados. Nada era atrativo ou bonito; a cabeça doía, queimava. Mundos ao seu redor e precisava correr para onde? O relógio, porém, foi mais rápido que o rapaz. Frederico foi engolido por algo que não podia ver.

Para o Observador

Tu estás presente em tudo e em todos os lugares. Teu irmão, Destino, de ti depende para trabalhar. Como é saber de tudo? Como é ver tudo? Tu sempre tiveste tudo?

Sou filho teu, e tu és o pai mais presente. Estás comigo desde que nasci e ficarás comigo até a morte. Por tua causa, convivo com ela. Por ti, a humanidade inteira é irmã. Ou és tu filho da humanidade?

Dependemos de ti. Deixas acontecer, mas nem em tudo mandas. Sempre há os filhos rebeldes. Nem tu és tão implacável assim.

É frustrante saber da existência desses que não ligam para ti? Ver os que se acreditam cientes e não ligam para tua existência? Ou é engraçado tamanha prepotência? Há como não depender de ti? A Morte me desvencilhará? Tu te dás bem com ela? Caso sim, serás tu o mais sortudo dos pais?

Tu ris, Observador? Uns dizem que giras; outros, que és contínuo; outros, que exististe antes do universo. Há ainda os que te chamam de masoquista, falando que te destróis a todo momento, como o pavio de uma bomba sem o outro lado. O que fica disso é a Consequência. Essa, sim, é superior a ti. Nada podes fazer para apagá-la. Não és o encarregado por isso. Sem tu, porém, ela não existe. É minha irmã adotada?

Tentamos controlar-te, organizar-te. Inventamos várias formas, diversas vezes, para tal. Ridículo, não é? Todos se prendem a uma parte de ti que tu não criaste, apenas viste. Espremenos-nos nela. Somos escravos controlados por três chibatas que fazem um horrível barulho mecânico — ou digital, hoje em dia. Tentamos ter poder sobre aquilo que não entendemos. Divertido ou patético? Ambos?

Não conheço ninguém mais altruísta que tu. Dás de ti para todos, mas também és duas caras. Para uns, arrastas-te; para outros, voas. Injusto tu também és. Se gosto, corres. Se desgosto, não sabes o que é pressa. Teus favoritos são os velozes, ages diferente com eles. Gostaria de ser um afortunado e conhecer essa tua misteriosa outra face.

Não quero gastar mais o teu de ti mesmo, apesar de teres o todo de ti. Espero poder conhecer-te pessoalmente, Observador. Desfrutar um pedaço de teu conhecimento, um pedaço que nós ainda não conhecemos; saber um pouco daquilo que não me foi passado, que não nos foi passado. Saber tua cor, teu cheiro, tua aparência. Ou talvez estejas à minha frente, e sou estúpido ou arrogante demais para perceber. Talvez eu diga que não tenho muito de ti como desculpa. Amo-te, Tempo.

De um inevitavelmente fiel filho.

Dedicação

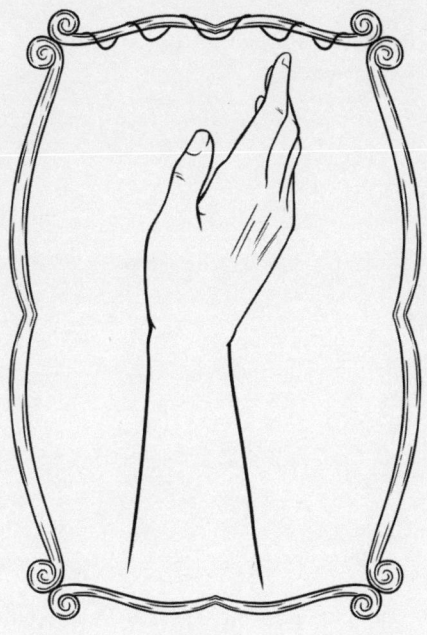

O movimento de ida e vinda arrancava os altos agudos. A fricção frenética tirava suspiros. Quando a força era demasiada pelo calor da emoção, rangia e rangia. Ia e voltava, alternando os tempos. A primeira vez era para nunca esquecer. Dava tudo de si, tentando não fazer feio. A emoção aumentava conforme se aproximava o fim do ato, mas estava gostando tanto que segurou o máximo que pôde, mesmo além do planejado. Quando chegou ao fim, uma explosão de prazer correu seu corpo inteiro, fazendo as pernas ficarem bambas e sua respiração, ofegante. O instrumento firme na mão, bastante orgulhoso. Sorria extasiado.

Foi o melhor concerto daquele violinista.

Cúpula do saber

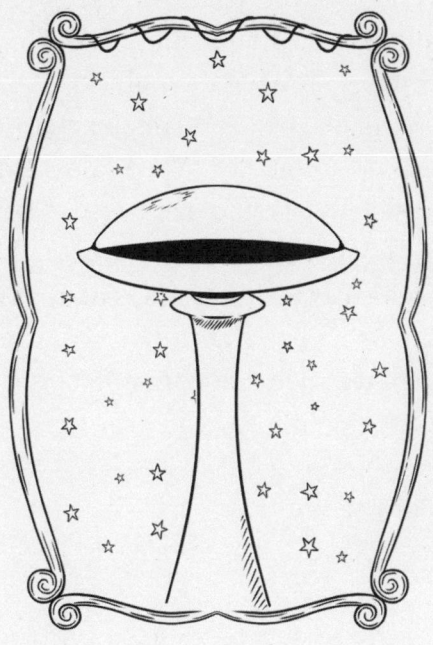

N ão exatamente no meio da galáxia, mas ali nas redondezas, cercado por estrelas e alguns planetas, havia um grande pilar de marfim com uma redoma de vidro brilhante no topo. Chegando mais perto, viam-se três poltronas de couro caramelo com mesinhas de apoio. Na volta, uma biblioteca com livros dispostos na mais milimétrica ordenação preenchia o espaço. Sentados, dois homens e uma mulher tinham suas atenções muito bem direcionadas.

— Mas é verdade, Belchior! Essas tolices é que contaminam tudo! A falta de cultura faz isso.

— Não tem como acreditar — respondeu ele. — É triste. Muito triste. O que nos diz sobre isso, Cassandra? — perguntou para a mulher.

— Não há mais solução — respondeu. — São um bando de tontos, coitados. Você falou em cultura, Aguiar, mas nem sabem o que é isso. Chocante.

Belchior concordou com a cabeça, tirando das vestes de seda avermelhada uma caixa de charutos. Pegou um, pôs na boca, acendeu e baforou.

— Alguém tem que fazer alguma coisa.

— E o pior — continuou Aguiar — é que acreditam em qualquer porcaria que dizem.

Cassandra suspirou:

— Verdade. Ah! Como é pesado o fardo da maior inteligência, de termos os melhores cérebros de todos...

Os outros dois concordaram, suspirando em conjunto.

— Falando em inteligência, acreditam que eles categorizam isso? — falou Belchior.

— Já li a respeito — responderam Aguiar e Cassandra ao mesmo tempo.

— Ridículos, não? Sabem nada de nada e acham que entendem sobre entendimento.

— Olha, o Sócrates ainda tinha jeito, pelo menos sabia que não sabia de nada — concluiu Belchior no meio da fumaça.

Deram risada. Belchior deixou o charuto de lado e acariciou a própria careca, descendo até a barba.

— Estão lá há mais de trezentos mil anos e ainda me surpreendem — comentou Aguiar.

— Mas sabem que eu tenho pena? Eles passam fome, alguns. Famintos, pobrezinhos! — disse Cassandra, cortando um grosso pedaço do queijo que seu pensamento fizera brotar na mesa ao lado da poltrona.

— Você sempre teve um coração tão grande, Cassandra.

— Eu sei, eu sei. Não adianta. Me entristece aquele desespero. Precisam tomar uma atitude, urgente — completou, bebendo da taça de vinho que viera junto e dando outra grande mordida na fatia.

— Tinham que fazer alguma coisa, mas ninguém se mexe! — disse Aguiar invocando uma bandeja de frutas. — Triste. Ninguém se importa, pobres coitados. Às vezes não consigo dormir pensando no assunto. É profundamente revoltante.

— Eles não têm o mínimo conhecimento matemático, ou qualquer outro. Talvez, se fossem como nós, e não gastassem tempo bebendo e fazendo sexo, fossem melhores — falou Cassandra.

— A culpa não é deles.

Concordaram em pesar. Um meteorito passou rápido ao longe, deixando seu rastro luminoso para trás.

Quando Aguiar comeu o último grão de uva do prato, sentiu algo que nunca sentira. O traseiro doeu, e a poltrona estava mais apertada.

— Está tudo bem, Aguiar? — perguntou Cassandra após ver a cara estranha do colega.

— Claro! Só uma sensação um pouco ruim.

A dor atacou novamente. O couro fez um barulho esquisito, e a túnica azul apertou o lugar em que apoiava o corpo para ficar sentado.

— Seu quadril está inchando! — exclamou Belchior.

— De fato me dói! Que deve ser isso?

— Talvez seja sua sabedoria — sugeriu Cassandra. — Adquiriu conhecimento cósmico e transcendental a ponto de o seu cérebro magnânimo descer para as nádegas para ter mais espaço!

— Sim! Mas é claro! Só pode ser isso!

O barulho de fricção em couro apareceu de novo, mas, desta vez, na cadeira de Belchior.

— O meu também está aumentando!

— Que maravilha! — comemorou Aguiar. — Nossos cérebros incomparáveis são os maiores! Nossa inteligência está em outro nível!

O mesmo acontecia com a mulher. Deu gritinhos de alegria. A cadeira de Aguiar quebrou por não suportar tanto peso. Belchior foi arremessado para a frente. O alargamento dos glúteos dos três era exponencial. Cresciam como balões em contato com o ar quente. A festa foi grande no início, mas não demorou muito para começarem a estranhar. Como só as poupanças cresciam, o resto do corpo diminuía em comparação. Inchavam, inchavam e inchavam. As nádegas de Cassandra já estavam tão grandes que quebraram a madeira da estante. O medo, algo que nunca tinha passado ali, achara abrigo naqueles rostos.

— Alguém abra isto aqui! — gritou Belchior.

Procuraram a porta da cúpula pela primeira vez, mas não encontraram.

— Tem porta aqui!?

Não conseguiam mais se mexer. A dor lancinante era ressaltada pela pressão contra o vidro e contra os outros ali dentro. Berraram até as cabeças serem consumidas. Os três seres mais inteligentes do universo morreram afogados nas próprias bundas.

O rebanho

Isso aconteceu há muito e muito tempo, quando o Destino ainda descansava em seu trono. Lá no fundo do interior, havia uma fazenda. Uma única fazenda na cidade inteira. Na verdade, a fazenda era a cidade inteira. Um lugar de acres e mais acres. Nela vivia apenas um velho: o fazendeiro Jorge. Ele, porém, nunca se sentiu sozinho, pois sempre tivera suas amadas vacas. Eram treze, e chamava-as carinhosamente Mari,

Mamola, Muma, Mimi, Melina, Mel, Murita, Mimima, Méca, Menininha, Murca, Mere e Luna. Além das vacas, tinha um touro chamado Tosé e uma galinha chamada Gárgula. O velho Jorge sempre cuidava de seus bichos e os alimentava com um sorriso de orelha a orelha. De vez em quando, os observava com seu olhar enrugado, da sua cadeira de balanço, por cima dos óculos remendados.

Até que, uma vez, o fazendeiro precisou ir até o município vizinho, que ficava a dois dias de viagem, para comprar algumas ferramentas, sementes e uma torta de maçã.

— Fiquem bem, meus queridinhos — falou ele por entre os poucos dentes que restavam. — Deixei bastante comida, tá bem? Comportem-se! Papai volta em cinco dias. — E partiu.

Aquele era o momento perfeito.

Todas as vacas se concentraram na parte mais afastada da fazenda e começaram a reunião que ansiavam há dias desde o flagrante.

— Por favor, meninas! Se organizem! — falou Luna, a vaca considerada mais sábia. — Muito bem! Todas nós sabemos por que estamos aqui. Lady Mel, nossa irmã, é a esposa do sr. Tosé Tourada del Spa. Esse relacionamento sempre foi bonito e consistente, até que, uma semana atrás, a irmã Mere viu o senhor Tosé e a dona Meninha numa cena um tanto quanto... íntima!

Um rosto de espanto se espalhou por todas as vacas, apesar de essa notícia não ser nenhuma novidade a essa altura.

Santas, pensou Luna.

Via-se também uma Mel lacrimenjando, com Mere a ampará-la pelo braço, de olhos acirrados contra Menininha, que desviou o olhar.

— Acalmem-se, meninas, Acalmem-se! Chega! Ordem, por favor! Estamos aqui para fazer o julgamento de acordo com as regras do rebanho. Então, por favor, saia do público e sente nesta cadeira, Mel, à direita. E você, dona Menininha, na da esquerda. — Por debaixo do palanque, mestra Luna tirou um livro grosso verde e sacou seus óculos roxos berrantes de meia-lua. Consultou algo rapidamente e falou altiva:

— Que venha a abençoada irmã Mere, a única testemunha ocular. Sente-se ao meu lado e conte a nós o que viu.

— Eu tinha saído para pegar um pasto diferente mais ao norte — começou Mere com as narinas empinadas, sentada reta como régua, com as pernas cruzadas. — Quando cheguei lá, vi dona Menininha e senhor Tosé... — tremulou a boca e cobriu-a com o casco — aos beijos! — Começou a dar umas choramingadas e virou a cabeça para não ver a plateia estupefata e para esconder o leve sorriso.

— Obrigada pelo seu depoimento, abençoada irmã Mere, obrigada. Eu chamo agora lady Mel Tourada del Spa para ter a palavra.

A vaca levantou-se com novas lágrimas no rosto e se sentou na cadeira ao lado de mestra Luna.

— Você consegue, lady Mel?

— Consigo, sim. Obrigada.

Ficaram em silêncio enquanto Mel se ajeitava.

— Eu só queria dizer que estou profundamente triste com tudo isso e que, infelizmente, algo assim é imperdoável! Eu estou, sim, movendo uma ação! — A vaca sacou seu lenço rosa-choque e correu para o meio da plateia. Os olhares raivosos recaíram sobre dona Menininha.

— Dona Menininha, venha para a cadeira de acusados para interrogatório e declaração — ordenou mestra Luna. A vaca, supostamente traidora, obedeceu, balançando as pernas e batendo rápido a pata em cima do balcão. A vaca superior dirigiu-se a ela, dizendo:

— Dona Menininha, você tem total ciência do motivo de estar aqui?

— Sim, mestra Luna.

— Você nega as acusações?

Depois de uns momentos de olhares trêmulos, ela respondeu:

— Sim...

Ouviu-se um *Oh!* em coro, acompanhado de murmúrios.

— Explique-se, então, dona Menininha — falou a vaca juíza.

— A abençoada irmã Mere é uma mentirosa e fofoqueira! — despejou Menininha.

— Como se atreve a falar de mim dessa forma, sua vaca desleitosa! — gemidos se deram por causa do palavrão dito pela abençoada irmã Mere, ainda mais pelo fato de ter vindo dela. — Um mamífero tão respeitável como eu falando mentiras? Caluniadora!

— Nunca tive nada com Tosé! Nunca!

— A abençoada irmã Mere não teria motivo para mentir, Menininha! — pronunciou lady Mel.

— Meninas! Meninas! Por favor! Acalmem-se! Vamos resolver isso de forma racional! Somos vacas ou o quê? — falou bem alto mestra Luna. A quietude foi imediata. — Obrigada. Dona Menininha, você tem alguma prova de suas denúncias contra a abençoada irmã Mere?

— Tem eu de tistimunha! — gritou Méca em um pulo. — Tem eu! Pode dexar quiô falo!

Todas arregalaram os olhos, surpresas, inclusive Menininha. A única que parecia serena era a vaca superior, que disse:

— Declare-se daí mesmo, se o que fala é verdade.

— Eu acridito na Menininha. Eu cunheço ela tem muitas hora. E num é mintira que a abençoada irmã Mere tem a linguinha sorta. — Mere franziu a cara toda, principalmente o focinho.

— Mais alguém?

E outra vaca, dessa vez Mamola, levantou-se e gritou bem alto:

— Eu acredito na abençoada irmã Mere!

Pronto, a confusão estava instaurada de vez. Até a própria mestra Luna ficou um pouco agitada, o que significava que a coisa tinha sido feia. Depois de muita gritaria, a juíza fez uma declaração que mudou o curso das coisas:

— Que seja, então! Vamos levar isso a júri popular. Vocês todas irão votar. Todas! E, caso necessário, terei o voto de minerva.

Elas balançaram as cabeças positivamente. Mel levantou a cabeça pela primeira vez em toda a sessão.

— Quem apoia dona Menininha no caso?

Quatro cascos ao ar.

— Quem apoia lady Mel Tourada del Spa?

Oito.

— É. Fica decidido assim então. Dona Menininha sofrerá a punição para traições segundo o Código...

— Espera! — interrompeu num berro a ré.

— Algo a acrescentar, ó vaca traidora?

— Nós... nós não ouvimos o que Tosé tem a dizer sobre essa situação — ela respondeu ofegante.

A juíza Luna franziu o cenho.

— Tem razão, irmã. O Código Vacal diz que todos os envolvidos devem, e irão, se pronunciar. Chamem o senhor Tosé Tourada del Spa!

— Aqui estou eu — disse uma voz grave saindo de trás de um conjunto de árvores ao fundo.

— Venha cá e dê seu testemunho, touro.

Luna o fitou com os olhos por cima dos óculos. Um lento vento chuvoso começou.

— Senhor Del Spa, qual seu relato sobre o caso?

O touro gordo de pelo velho, brilhoso, estava com um peito estufado, apesar de não ter estofamento. Deu uma longa bufada que fez o anel prateado se mexer entre suas narinas.

— Eu e Menininha temos um caso, sim.

Um novo *Oh!* tomou vida. Lady Mel ficou boquiaberta.

— Nós temos, sim — continuou —, feito o mesmo que tenho feito com a abençoada irmã Mere. — Ele direcionou um sorriso malicioso à amante recém-descoberta pelo resto do rebanho.

Dessa vez, foi dona Menininha que saltou as vistas. A acusada torceu o nariz e fuzilou o animal.

— Mas a abençoada irmã Mere é nosso membro máximo da Igreja Leitótica! — disse Mimi. — Ela estava me catequizando.

— Essa aí de santa não tem nada — devolveu Tosé.

— Eu num falei? — disse Méca de canto para Murca.

— E digo mais, também provei do sabor de Mimima, Mari, Melina e Muma.

— Como ousa...? — falou baixinho a juíza.

Lady Mel berrou e caiu de joelho aos prantos. Murita correu para consolá-la.

— Por tudo que é malhado! Irmãs, digam-me se isso é verdade ou não, e juro que, se mentirem, as sentencio ao abate!

O espanto foi geral. Abate era a penalidade máxima do Código Vacal.

— Vamos! Digam! — insistiu Luna com a respiração levemente alterada.

Para a tristeza do rebanho, as respostas foram positivas.

O silêncio reinou por minutos a fio. O vento bateu mais forte, e pingos começaram a cair. Ninguém ousou se mexer. O frio aumentava. A terra foi virando lama, e o touro encarava todas triunfante, orgulhoso das conquistas dele. As folhas das árvores balançavam cada vez mais violentas. As páginas do livro do Código Vacal foram virando. Um cheiro de chuva e esterco abraçou o tribunal.

A pata esquerda de lady Mel tremeu, assim como sua pálpebra. Olhares fixos no nada. Seus lábios ficaram inquietos. Seu queixo tremia. Lentamente, mirou seu olhar nas vacas traidoras e acabou em dona Menininha. Devagar, ela se levantou.

— Você tinha negado, Menininha. Você negou.

— Irmã, eu...

— Por favor — pediu levantando a pata —, só cale a boca, bicho de polegar.

Ela virou-se para Tosé. Ia com toda a fúria contra ele, mas freou ao berro do touro:

— Foi ela! Ela me seduziu! A culpa é toda dela!

— Você fez porque quis. Com todas elas.

— Eu não tive intenção! Elas foram se assanhando, e sabe como é touro macho como eu. São elas! A culpa é delas!

— Mas você disse que me amava — retrucou Mel lacrimejando.

— E amo, Melzinha, eu amo! Mas elas me enfeitiçaram, me atiçaram! Todas em um complô contra o nosso amor. Melzinha, meu bem! Me escute! Você, e só você, é a vaquinha do meu brejo! Todas elas têm inveja!

Lady Mel virou o rosto, fechou os olhos, bufou. Sua pata esquerda tremeu novamente. Num movimento abrupto, atirou-se contra Menininha, mordendo seu pescoço e arrancando-lhe um pedaço. Um jorro de sangue se misturou com a lama, e um grito agonizado juntou-se ao barulho da chuva. O corpo de Menininha caiu num baque surdo.

O rebanho ficou estático.

— Mel...

Lady foi contra a abençoada irmã Mere, arrancando seu estômago, depois voou para Melina, então Muma, depois Mimima e tirou com uma dentada a perna de Mari.

Com a boca escorrendo o grosso líquido vermelho, ela encarou Tosé. Murca avançou contra o touro, mas lady Mel atirou-se na frente dela e arrancou-lhe parte da bochecha com os chifres. Ela se revoltou, xingou as outras de várias formas que conseguiu pensar no meio da dor, e todas as vacas partiram uma para cima da outra. Sangue voava e gritos se espalhavam. A chuva coroava o banquete canibal com pingos do tamanho de pérolas. Uma árvore foi arrancada pelo vento e bateu no palanque, sem deixar vestígio do que ali havia. Devoravam-se insanas, todas em fúria. A enorme mancha vermelha aumentava a cada segundo, pintando de escarlate o que fora um júri do rebanho.

Isso continuou até o último grito soar, o derradeiro gemido ser dado, até apenas haver um bando de cadáveres brancos e pretos jogados à lama.

A tourada saiu campo afora, a galope, com os olhos assustados e tocando o seu sino preso ao pescoço. Depois de muito, ria alto, gargalhava para as nuvens carregadas. Estava amando sentir as pulsações nos músculos. Gritava: *Eu! Eu! Eu! Apenas eu! O único touro! O melhor! O mais forte! Tosé Tourada del Spa! Comi todas as vacas e elas que se comeram!*

Só que a concentração na própria voz o fez esquecer do gigante penhasco logo adiante. Caiu berrando, debatendo as pernas no ar, e se espatifou nas pedras, tendo de túmulo o sangue do próprio corpo misturado às pedras do abismo.

Quatro dias depois, debaixo de um sol muito quente, voltou Jorge à sua propriedade.

— Cheguei, minhas amadas! — exclamou, animado, o velho.

Sua alegria, porém, foi dizimada quando achou, seguindo o forte cheiro, um monte de carne podre, decorada por centenas de larvas brancas que faziam barulho ao se deliciarem devorarando as carcaças. Ele nem reparou nos óculos roxos berrantes de meia-

-lua quebrados no canto, perto do que um dia fora sua vaca Luna.

    Com o rosto congelado, ele destroncou Gárgula, depenou-a, jogou-a na panela e comeu-a inteira. Ao terminar de devorar a galinha que criara com esmero, percebeu que seu facão parecia muito atraente. O Destino sorriu em seu trono.

O bom grão de areia

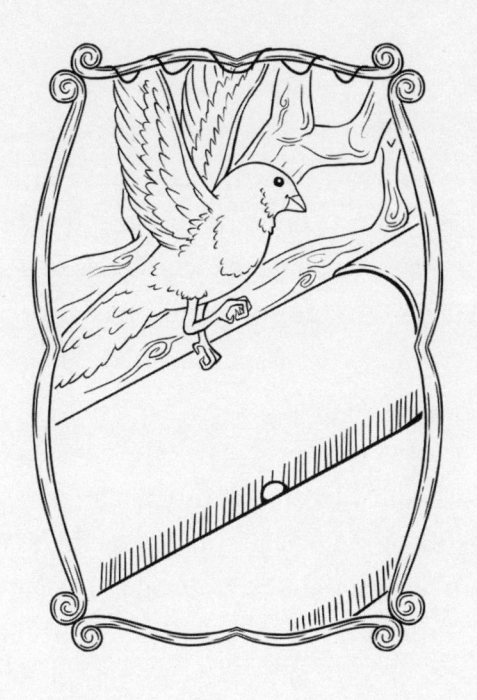

Na frente de uma árvore com galhos e mais galhos que se emaranhavam em uma cama de gato, tinha um telhado. Em cima do telhado, tinha uma pérola. Pérola de beleza sem tamanho ou igualdade, redondamente fora da curva. Planando, tinha um passarinho. Sobre todo mundo e todo o mundo, nuvens e mais nuvens; algodão-doce esfregado em fuligem de chaminé.

O brilho do pouco sol que se refletia na pérola fazia os olhos da ave brilharem. O animal pousou na telha, encarando a pedra em ângulo raso. Olhando ao redor, cuidava para ter certeza de que nenhum outro chegaria perto.

Preparou-se com ansiedade e investiu reto contra o alvo. Um forte vento bateu, inclinando a árvore, que ricocheteou o passarinho com os galhos. Ele caiu de volta onde estava. Cenho de pássaro franzido era o que contavam seus pensamentos. O reluzente da baba de ostra já não era mais tão reluzente; as grossas nuvens não permitiam livre passagem dos raios solares, cobrando caro pedágio.

Foi na mesma direção que antes, mas com maior impulsão. O vento bateu, a árvore inclinou-se e o galho ricocheteou, dessa vez atingindo o peito do pássaro. Emitiu um som agudinho e voltou a desejar a pérola com os olhos. A brisa mais fresca, conhecida desde filhote, já dava suas caras. Não era motivo de preocupação. Colocou maior força nos pés e se jogou mais alto dessa vez, tentando voar em parábola. Na altura máxima, um galho foi mexido pela corrente de ar e o acertou em cheio.

Esperneou com cantoria irritada, fazendo pouco barulho no telhado em relação aos pingos de água vindos do céu que agora ali batiam. Seu corpo de sabiá-laranjeira estocou de novo, de novo e de novo, mas o vento inclinava a árvore, que mexia os galhos e jogava a pequena ave de volta, de volta e de volta. Ela avermelhou.

A água escorria, descendo em barulho de cascata. Posicionou-se, deixando o bico pronto para bicar, pontudo estilo agulha, e foi. Prendeu as garrinhas na madeira da planta e judiou dela freneticamente, sem pensar em pena, arrancando as folhas no compasso de tesoura de jardineiro. Galhos e mais galhos sacudiam e sacudiam, conforme maestrava a batuta do vento.

Quando enxergou uma brecha por entre a folhagem, jogou-se sem pensamento. Ao abrir as asas, a ventania o arrematou para longe, deixando de rastro um pio forte que se desfez com o passar do tempo, junto com sua imagem a distância.

༄

O sol radiava. Em cima de um telhado, havia uma pérola; atrás do telhado, uma árvore. Um quero-quero passante catou o bom grão de areia com a boca e nunca mais voltou.

Mesa

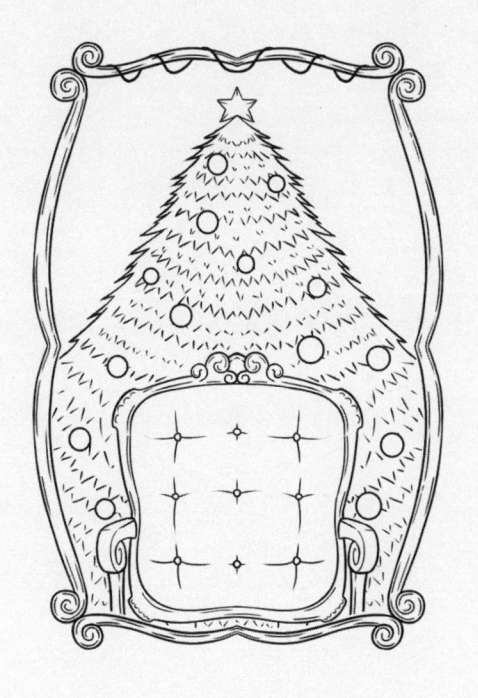

Pelos três metros de pau-brasil, a colorida fartura era organizada. As taças de cristal estavam cheias de vinho francês, com os pratos e talheres cuidadosamente selecionados e distribuídos à volta. A toalha vermelha fazia contraste com tudo que era servido. Flores estavam espalhadas por ali. O que mais chamava atenção era o protagonista da noite: um peru dourado enorme, rodeado de batatas assadas, com frutas cristalizadas para decorar. Ao lado, um prato guardava a pirâmide feita de medalhões de picanha uruguaia. O enorme salmão estava mais ao canto, saído do forno, acompanhado de uma variedade feirosa de legumes. A fruteira, que mais parecia um castiçal gigante, tinha melancias japonesas cirurgicamente fatiadas, uvas rubi, enormes ameixas frescas, abacaxis ingleses, lichias gordas, tudo decorado por dezenas de morangos chilenos. A maioria das cadeiras estava ocupada.

Atrás, um pinheiro decorado mostrava sua majestade com adereços e pisca-piscas, coroado por uma estrela que parecia ter sido tirada dos céus. O que reinava, porém, era o silêncio.

Botões

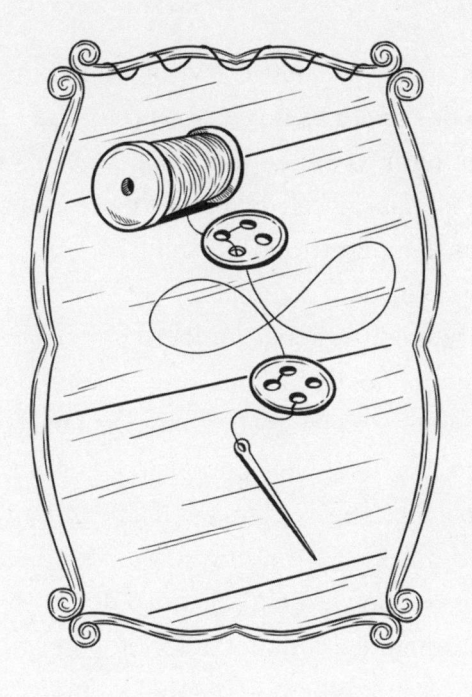

E lá estavam as duas sentadas, de costas uma para a outra, cada qual em sua máquina. Passavam rasantes os tecidos por baixo das agulhas frenéticas daquelas overloques. Falavam alto, contando causos repetidos, e perdiam o ar rindo história após história, como já era rotineiro havia alguns bons anos. Eu chegara fazia pouco, cansado do trabalho, e me juntei a elas pela proximidade do fogão a lenha; era uma noite fria. Mas pensa em fria! Tomava chimarrão distraído nas corridas do dia, distante dali. Mas a cena que se seguiu me obrigou a voltar e prestar atenção.

— Ô, Zilda, tu me colocou os botões de perna pra cima.
— O quê?
— Olha aqui. — A outra se virou, mostrando os botões rosados gigantes no casaco preto. Era encomenda de uma amiga em comum das duas: Rita, pelo o que entendi nas faíscas de diálogo que havia pescado.
— Mas de onde virado, Roseli?
— Pois olha aqui! Botou de ponta-cabeça.
— Esse é o lado certo, mulher.
— Não é, não. Olha aqui, ó. Isso aqui fica nesse sentido. Assim, o mais brilhante pra cima.
— Não fica, não. Nesse modelo é sempre a parte mais grossa pra baixo — insistiu Zilda.

E isso durou, durou, durou. Não se ouvia outro barulho que não viesse da posição dos botões. Nem viram minhas dez tentativas de oferecer um mate. Conheço-as muito bem, e, naquele tom de voz, com aquelas caras, era certo: não existiria outra coisa no mundo além de botões enquanto ninguém desse o braço a torcer.

— Eu tô surpresa que tu não esteja vendo, Zilda. Como que eu vou chegar pra Rita com o casaco que ela pagou pra eu fazer com os botões desse jeito? Na verdade, mas bem da verdade verdadeira, o problema já começou na escolha da cor desses botões. Nada a ver com ela essas bolotas aí que tu escolheu.

— É. Cada um enxerga os botão como lhe convém. Aquilo se estendeu por mais sei lá quanto tempo. *E por que diacho eu ainda estava ali, enchendo meus ouvidos? Não era obrigado a ficar aguentando a papagaiada.* Quando me levantei pra ir embora, abandonando minha companheira cuia, o telefone tocou.

— Alô? — atendeu Roseli.

— Alô. Oi, Li! É a Rita. Tudo bom? — escutei baixinha a voz vinda do aparelho.

— Oi, Rita! — cumprimentou ela, carregando um rosto de excitação. — Tudo bem. E contigo, meu bem? Eu e a Zilda estamos fazendo teu casaco agora mesmo.

— É sobre isso mesmo que liguei. Estava pensando aqui comigo. Dá pra fazer o casaco com zíper?

Silêncio. E eu ri. Ri alto. Sai de lá e tive que deitar no sofá até o ataque de riso passar. Uns minutos depois, as gargalhadas femininas ecoaram lá de dentro, voltando ao rotineiro. Tudo em paz.

Naquela noite, em companhia do travesseiro, passando na memória o que havia acontecido, fui contando meus botões ao longo do dia e me apavorei. Só hoje foram três, todos minúsculos! Durante a semana, aumentaram ainda mais. Eram tantos que estava me cansando mais de carregá-los do que de trabalhar, e nunca tinha nem notado. Reclamo, reclamo, reclamo, sendo que tenho um casaco tão bom, mas aqueles botões — os malditos botões — eram só eles que eu via e só com eles me importava. Parti para o zíper e, se fosse você, faria o mesmo.

Casa quase no fim da rua

Quando terminou de pôr os pratos na mesa e acomodar as panelas, chamou os outros:

— Venham. Levi, vai lavar as mãos.

O menino largou os carrinhos e saiu correndo para o banheiro. Ela se acomodou no lugar de sempre da mesa, seguida pelo filho.

— Vem, Adriano.

O homem, em um esforço, se levantou do sofá e se juntou aos dois. Foram os talheres batendo nos pratos que conversaram por boa parte do tempo, até que Levi quebrou o gelo.

— Tô muito cansado — disse ele.
— Tá, filho? Brincou bastante? — perguntou ela.
— Sim. Eu e o João jogamos bola e depois a gente brincou de arminha.
— João? Você ainda tá brincando na rua, filho? Adriano! Já falei que eu não quero. Isso é perigoso.
— Deixa de frescura, Carla — respondeu o marido.
— O menino tá bem. Eu também quando era criança só fazia isso.
— Mas e se vem um carro...
— O moleque sabe se cuidar. Estuda de manhã e brinca de tarde. Coisa de criança. Isso é saudável até.

Carla respirou fundo. Olhou fixo para a criança e soltou um leve sorriso.

— Fica na rua só quando seu pai estiver em casa, então. Tá bom?

A criança confirmou com a cabeça, dirigindo suas atenções para o prato de arroz e feijão à sua frente.

— Falando nisso, conseguiu alguma coisa hoje? — perguntou Carla com um tom de voz diferente.
— Nada — respondeu Adriano.
— Nada? — reagiu ela.

Ele continuou a comer.

— Mas isso é...

— Eu tô fazendo o que eu posso. — A voz mais alta de Adriano causou o silêncio seguinte, que só viria a ser quebrado por ele.

— Como foi lá no trabalho hoje?

— Um estresse. A gerente tá se separando e fica descontando em todo mundo. E ninguém entra naquela loja, então não tem venda. Mas precisa, né? Realmente precisa — disse encarando as panelas.

ತಿಲ

— Cadê o Levi, hein? — perguntou a mãe.

Não demorou muito, o garoto entrou porta adentro, suado e com a roupa toda enlameada. Atravessou a sala correndo e se enfiou no banheiro.

— Fora até essa hora? Já escureceu, menino! Aí é demais.

— Deixa ele brincar — disse o marido. — Não dá bola pra sua mãe, filho!

Ouviram o barulho do chuveiro ligar.

— Viu? Foi tomar banho sem mandar — defendeu o pai.

— Ele não é bobo — respondeu a mãe. — Sabe que, se eu tivesse que mandar, ia na base do chinelo.

Adriano riu. Ela arrumou a mesa assim que Levi foi para a sala já de pijama.

— E aí, meu filho? Como é que foi hoje? — perguntou o pai, servindo-se.

— Como foi nada! Olha aqui, se você ficar fora até essa hora de novo...

— Carla, menos. Deixa ele aproveitar. Fala, filhão, fez o que hoje?

— Foi legal. Eu apostei corrida com o João; só que eu perdi. Ele é muito rápido, parece que não fica cansado nunca! Quase voa.

— É mesmo? Tem que treinar então.

— E na escola? Como foi? — perguntou Carla.

— A gente tá aprendendo a fazer vezes.

— E você consegue?

— Mais ou menos, mãe. Muito número.

— E o que mais? — perguntou o pai.

— Daí eu e o João jogamos bola que nem ontem, depois subimos numas árvores pra pegar jabuticaba.

— Você conhece esse João, Adriano?

— Não — respondeu.

— Como não conhece?

— Não conhecendo.

— Mas como você deixa o nosso filho passar o dia inteiro com um garoto que você nem conhece?

— Mas você também não conhece.

— Ah! Vai ver é porque eu trabalho o dia inteiro?!

Ela pareceu ter mais coisas para falar, mas fechou a boca. O marido respirou fundo e focou a comida.

— Quem é João, filho? — perguntou a mãe.

— Ué, João é meu melhor amigo.

— Eu sei, filho, mas onde ele mora?

— Na casa quase no fim da rua.

— Qual delas?

— Uma grandona.

— Grandona... tem duas lá naquele lado.

— É a com mato na frente ou sem? — perguntou Adriano, que parecia repentinamente interessado.

— Grosso. Aquilo é um jardim, e muito bem-cuidado por sinal. Mato é aquilo que tá crescendo aqui na frente de casa e você não se presta pra arrumar — falou Carla.

— É a com o jardim — respondeu o pequeno.

— Hum... — disse ela, cerrando os olhos. — Ele tem a sua idade?

— Nunca perguntei, mas acho que deve ser o mesmo que eu. Ele é um pouco mais alto, só.

— É um casarão onde ele mora — comentou o pai.

— É — concordou o pequeno enchendo o garfo com arroz. — É, sim.

⁂

Foi a vez de Carla entrar esbaforida em casa. O corpo todo encharcado tremia com frio. Encontrou o marido na frente da TV e Levi com um caderno.

— Mamãe! Mamãe! Oi, mamãe! — gritou saltando do chão e correndo em direção a ela.

— Oi, filho — respondeu no primeiro sorriso do dia, acariciando o cabelo do pequeno. — Que chuva!

— Hora tarde pra chegar, né? — falou Adriano sem tirar seu foco da tela.

Ela o fuzilou com o olhar, mas não respondeu; apenas limitou-se a perguntar:

— Fez a janta?

— Não.

Carla engoliu o ar, baixou a cabeça e foi ao quarto largar as coisas para se secar.

— Mamãe! O dia foi muito legal hoje!

— Foi, filho?

— Sim! Eu fiz uma conta de vezes sozinho, sem ajuda de ninguém.

— É mesmo? Parabéns, Levi.

— E, de tarde, eu e o João andamos o bairro inteiro de bicicleta.

— O bairro inteiro? — perguntou ela enquanto catava alguma coisa na geladeira.

— É. Mas só eu andei de bicicleta, aí tive que ir devagarinho pro João ir junto a pé. Ele disse que não precisava, mas eu fiz mesmo assim.

— E por que ele não foi de bicicleta? Ele não tem?

— Ele disse que já teve, mas, mesmo se tivesse, não poderia andar. Nem quis ir na garupa da minha.

— Hum. Que bom, filho. Pelo menos alguém está se divertindo nesta casa. — Ela dirigiu seu olhar ao marido, que nem se mexeu no sofá.

Depois de desligar o fogão e pôr a comida na mesa, os três se sentaram.

— Conseguiu alguma coisa hoje? — perguntou ela.
— Nada — respondeu ele.
— De novo?

Ele confirmou com um barulho saído da boca cheia. Ela repousou os talheres no prato, que ainda estava bem cheio. Levou uma das mãos à boca e puxou o ar.

— Eu não vou ter condição de sustentar esta casa por muito mais tempo. Assim não vai dar.

— Tô fazendo o que eu consigo, mas tá difícil pra todo mundo — disse ele, pegando outro pedaço de carne.

— É. Pois é. Tá difícil pra todo mundo. É. Adriano, me diz, aonde você deixou seu currículo hoje?

Ele engasgou com a comida. A mão levou rápido um copo de água até a boca.

— Adriano, aonde você deixou seu currículo hoje?
— Onde deu — respondeu ele entre algumas tossidas.
— E onde deu?
— Ah, numas lojas lá no centro.
— Aham — ela olhou para Levi. — Filho, o papai sai muito de tarde?

Adriano trocou olhares com o menino. O pequeno abriu a boca, mas nenhum som saiu. O queixo tremelicou.

— Não mente pra mãe, filho. O papai sai de tarde?

— Ele... — O rosto estava perdido, até que o pai fez um movimento com o pé que só ele percebera, e teve certeza do que deveria dizer:

— Sim. Sai, sim.

— E fica a tarde toda fora?
— Sim.
— Então você só brinca com o João no fim da tarde? O pai bufou.
— Não. A tarde toda.
— Então está me desobedecendo e brincando na rua quando seu pai não está em casa? — falou ela, engrossando o tom.
— Não, não. Não desobedeci, não, mãe.
— Pare de incomodar a criança. Deixa o menino comer!

Ela engoliu em seco, e a cara fechou. Foi o mesmo que o céu quando vai começar uma tremenda tempestade. Adriano parara de comer.

— Ele tem saído à tarde sem você em casa, Adriano? E cuide bem o que vai responder, porque estamos falando do seu filho e do exemplo dele.

Adriano não respondeu.

— Levi — disse ela imperativa —, pro seu quarto.

— Mas eu não comi ainda.

— Pro seu quarto, Levi!

A criança se levantou da cadeira e obedeceu, olhando para os pés no caminho. Fechou a porta e se deitou, apesar de só ter conseguido dormir muitas horas depois. Mas valeria a pena.

— Amor — disse Adriano enquanto se acomodava para jantar.

— Quê? — respondeu Carla.

— Fui chamado pra uma entrevista.

— Bom. Muito bom. Finalmente! Alguma esperança tem.

— Não é nada certo.

— Mas já é um começo. Dois meses realmente procurando emprego — ela deu ênfase a essa última parte —, e algum sinal. Obrigada, meu Deus! — disse, juntando as mãos e levando-as ao alto. — Só o Senhor pra me fazer suportar esse traste.

— E lá na loja? Como tá?

— A porcaria de sempre. E você, meu filho? — Sua voz como que se açucarou. — Como foi o dia?

— Mais ou menos.

— Mais ou menos?

— É. A escola foi legal, mas fui de novo chamar o João em casa, e ele não veio. Fiquei gritando: "Ei! Ei, João! Não vem brincar? Pode ser aqui nesse jardim mesmo. Tá vazio!", mas ele não apareceu. Bati na porta, e nada. Faz uns dias que ele não aparece. Talvez seja a mãe dele. Ele disse que está de castigo há muuuito tempo.

— Adriano, acredita que ainda não conhecemos esse garoto!?

— Eu nem lembrei.

— Eu sei. Você sempre esquece — respondeu ela.

— Filho — disse o pai —, da próxima vez que for brincar com o João, traz ele aqui pra casa pro pai conhecer?

— Tá bom. Eu convidei uma vez, mas ele não quis. É tímido, só fala comigo e mais ninguém.

— Ele já te apresentou outros amigos ou você já apresentou seus amigos pra ele? — Quis saber a mãe.

— Não. Só brincamos nós dois. Mas trago ele, sim.

— Isso. Dependendo da hora, se o pai estiver em casa, a gente joga junto, nós três.

Levi fez o rosto brilhar com o sorriso que deu. Eles terminaram de jantar. Adriano lavou a louça sem Carla mandar, como era costume nos últimos tempos. Ela não o deixou ver, mas sorriu para o marido.

༄

Carla voltara mais cedo do trabalho. A loja seria fechada naquela tarde por causa de um evento, e ela fora dispensada. Sentiu alívio quando viu o portão de seu lar, a cabeça já visualizando a cama e os pés sem sapatos. Quando foi abrir o cadeado, olhou para o lado e mudou de ideia. Um tumulto de gente mais ao fim da rua, com luzes piscando no teto de alguns carros. A curiosidade foi mais poderosa que o cansaço, e desceu lá pra ver do que se tratava. Estavam todos em frente a uma casa grande, com um enorme jardim na frente, muito bem-cuidado, por sinal. Encontrou dona

Agostina, uma vizinha que morava perto de sua casa desde que se mudara para aquela cidade.

— Que houve aqui, dona Agostina?

— Carla! A dona dessa casa aí — ela apontou para onde estavam alguns policiais e enfermeiros —, acharam ela morta, caiu da escada. Parece que já estava em decomposição faz um dia.

— Que horror!

— É. Pobre mulher.

— Mas foi um acidente?

— Ninguém tem certeza. O filho que mora com ela sumiu. João, o nome. Acham que talvez tenha sido ele quem fez isso.

— Mas uma criança não vai empurrar a mãe da escada e fugir.

— E acha dezoito anos criança?

Carla franziu o cenho. Levou as mãos à cintura e deu um leve passo para trás.

— Dezoito?

— É. Pobre família. A mulher teve gêmeos, sabe? João Emmanuel e João Augusto. O Emmanuel morreu tem uns nove anos já, num acidente não me lembro do quê, mas foi numa besteira de criança. Aí ficou ela, Sônia acho que é o nome, e o João Augusto. Mas se fecharam aí dentro, e nunca mais vi eles. Não abriam pra ninguém. Muito raramente o menino saía. Também, a dor que deve ser perder um filho. Convivi com eles, vocês não tinham chegado aqui ainda. Eu ouvi a polícia ali comentando que acha que o menino pode ter se revoltado e matado a mãe, esperado fazer dezoito, né? E depois fugiu. Um horror mesmo. Olha, essa vida não é fácil, minha filha.

Carla pensou no assunto por muito tempo. Deixou até queimar o arroz de tão distraída com a história que ouvira. Estava apavorada. Que mãe ela era? Um menino de dezoito anos brincando com seu filho que tinha a metade da idade dele.

Não me admira que não quisesse vir aqui em casa, pensou ela.

Teria percebido se ele tivesse chegado a fazer alguma coisa com Levi. Suspeitam que o garoto matou a própria mãe, sabe-se lá o que poderia fazer. Decidiu não abordar o assunto com Adriano até a hora do jantar. Era uma coisa que gostava em si mesma, a capacidade de ficar calma em quase todas as situações.

— Pra mesa! — chamou ela.

Ficou mais alguns minutos decidindo como abordaria o assunto. Tinha medo da reação que Adriano poderia ter, estabanado e estúpido do jeito que era. Demorou um pouco, mas tomou coragem:

— Viu a movimentação hoje lá quase no fim da rua?

— Vi — respondeu o marido —, mas nem sei o que aconteceu.

— Foi lá na casa do seu amigo, filho.

— É? Tá tudo bem com o João? — perguntou a criança.

Ela fez uma pausa e perguntou:

— Filho, o seu amigo João tem um segundo nome que nem você, que é Francisco Levi?

E ele respondeu:

— Ah, mãe, eu sei que ele tem, mas nunca quis me contar qual é.

Traição

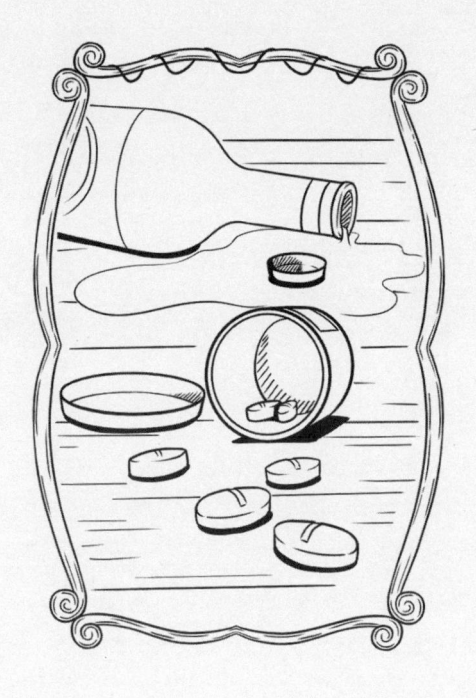

M eu bem,
faz tempo que você não tem um alívio verdadeiro? Ainda se lembra da sensação de olhar em volta e poder dizer que está em paz? Na verdade, já esteve em paz? Ao menos sabe o que isso realmente é? Não te irrita o fato de que sempre acontece só por frações de tempo, nesta vida roedora, em que se olha em volta e apenas dá pra dizer no meio de suspiros: *Me tire daqui?*

Também é como seus irmãos de espécie, e tem uma atividade ou outra que é seu alívio? Como é sua fuga? Qual a coisa que ama fazer para se esquecer da própria mediocridade? Quantas vezes fez isso só hoje? Se não sabe qual a sua, melhor sair correndo e descobrir, não acha? Mas será essa a direção certa? Sermos obrigados a nos drogar, seja do que for (sabe que se droga todo dia, né?), para podermos nos animar por momentos que se dissipam é correto? Qual o sentido de viver desse jeito? É justo? Estamos caminhando para o lado que deveríamos caminhar? Que caminho é esse, afinal? Você tem orgulho, ou é um revoltado sem atitude?

Qual seu entorpecente para ignorar o fato de que é só mais um número, que tudo que faz não tem importância e que todos que ama também estão fadados a isso? Quem nos deu esse castigo? O que é você nisso tudo? O sistema valeu seu tempo? Quais os pensamentos confortáveis estão passando na sua cabeça agora?

Quem precisa de válvula de escape é panela de pressão.

De uma, muito irritada,
Felicidade.

Asas para pequena

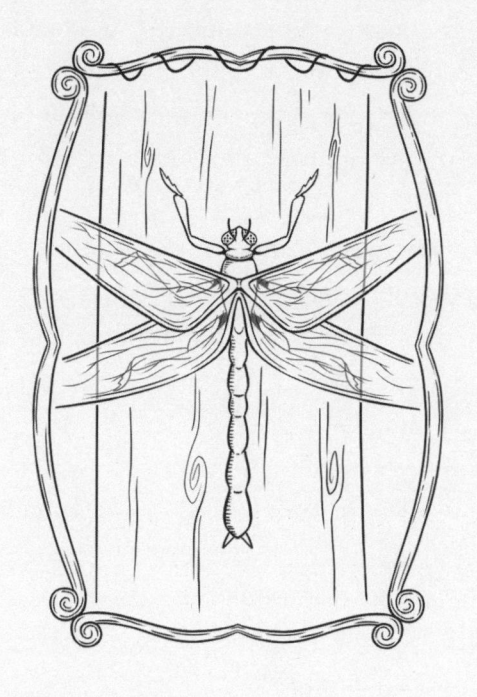

A libélula, que acabara de aprender a voar, saiu de onde estava para explorar o mundo. O vento batendo gelado como sorvete deixava marcado um sorriso. Não demorou muito para ela perceber que estava sem destino. O mundo tão grande. Para onde deveria ir? Refletia enquanto planava e decidiu parar para perguntar a uma joaninha muito pequena que, feliz, dava grandes mordidas numa folha.

— Olá, joaninha! — cumprimentou a libélula. — Sabe qual é o lugar mais bonito onde alguém com asas poderia ir?

— Olha, o lugar mais bonito eu não sei, porque do mundo só conheço aqui onde estou. Nasci há pouco tempo. Dizem que mais adiante tem a flor mais bonita de todas, e quem vai nunca volta, porque prefere ficar na companhia dela. Deve ser muito bonita mesmo.

— Mas você voa também. Por que nunca foi? — perguntou a libélula.

— Ah, não! Eu não! Sou muito pequena e sensível para sair voando por aí. Até queria, mas prefiro ficar em casa. O mundo é perigoso, sabe? Não quero estragar minha beleza tão pura.

E era verdade. Ela era muito bonita. Vermelha como melancia madura e de rosto corado.

— Mas fica aqui sozinha?

— Fico. Isso também me dá medo, daí tenho vontade de sair, mas tenho medo de sair, então fico. — Ela virou o rosto sorrindo para a libélula, esquecendo a folha por um instante. — Você podia ficar aqui para me fazer companhia. Aí não preciso sair nem fico sozinha.

A outra pensou e respondeu:

— Parece algo muito legal, dona joaninha, mas prefiro ir ver a flor mais bela do mundo. Depois posso voltar para conversar.

A joaninha se alegrou.

— Tudo bem, então. Siga sempre reto. É tudo que sei sobre o caminho e é também o único caminho que sei. Até mais!

E a libélula seguiu o caminho sorrindo ainda mais. Não só pelo vento gelado como sorvete que batia em seu rosto, mas porque iria ver a flor mais bonita de todas.

Mas, se eu vir a mais bonita de todas, pensou ela, *as outras não vão ter mais graça, e eu acabei de começar.*

Não teve muito mais tempo para pensar; viu-se perdida. Por sorte, encontrara uma lagarta cheia de papéis ao redor, que rabiscava um atrás do outro, sem parar. Os olhos estavam arregalados e vermelhos, e sua boca parecia uma chaminé acesa com muita lenha, por causa do cigarro que tinha preso entre os lábios verdes, como todo seu corpo. À sua frente, uma máquina de escrever de madeira.

— Olá, seu lagarta! — disse a libélula. Ele continuou como se ninguém tivesse dito nada. — O senhor sabe para que lado fica a flor mais bonita de todas?

— Hã? — ele levantou a cabeça de supetão.

— Sabe onde fica a flor mais bonita de todas? — insistiu ela na pergunta.

— É... Ah, sim! Eu estou indo para lá também.

A libélula o olhou com estranheza.

— Com todo o respeito, senhor lagarta, você não parece estar indo para lugar nenhum.

— Bem... — Ele voltou sua atenção para a máquina. Digitava com tanta força e tão rápido que seus dedos mal apareciam. — É que eu preciso de asas para chegar até lá. Eu deveria ter ido fazer meu casulo há alguns meses, na verdade, mas estou atarefado demais. Estes documentos todos a assinar e os relatórios para fazer. Tenho encaminhamentos! E, Deus dos céus, as planilhas de contagem! Acabo de me lembrar também dos projetos e dos cálculos! Acho que vai demorar um pouco mais do que eu pensava. — Virou-se para trás e revisou a papelada, procurando alguma coisa. Mais fumaça ainda saiu de sua boca.

— E por que tem que fazer todas essas coisas?

Ele pareceu ofendido com a pergunta. Seu rosto avermelhou.

— Ora, pois! Como por quê? Tenho tarefas para concluir. Há trabalho para fazer. Como posso sair daqui sem ter tudo resolvido? Oh, não!

— Mas de onde veio tudo isso pra fazer?

— Passaram-me.

— Quem?

A lagarta parou de digitar e olhou para o nada por um segundo.

— Ora, quem manda me passou! Mas, assim que acabar, vou voando com belas asas de borboleta para a flor mais bonita de todas.

A libélula coçou a cabeça.

— Mas não é mais fácil se levantar, fazer o caule e sair voando?

Ele bateu com força na máquina, deixou a boca cair, e o rosto lembrava pimenta dedo-de-moça.

— Mas que ultraje! Que absurdo! Já não lhe falei que preciso concluir meu trabalho?

— Com todo o respeito, senhor lagarta, o senhor já não está tão novo. Vai ser difícil fazer suas asas se ficar muito velho. Não tem medo de morrer e nunca chegar a voar, muito menos ver a flor mais bonita de todas?

— Que ideia mais ridícula. Você é jovem, por isso fala essas asneiras. Não devo levar em consideração. Ainda mais vindo de alguém que diz "pra" em vez de "para". Leve para a vida: não se confia em quem fala errado. Os que falam certo são mais inteligentes, portanto são melhores conselheiros.

— Mas...

— E agora vá! O que você procura fica logo adiante. Quando encontrar uma bifurcação, siga pelo caminho das macieiras com maçãs cor de sangue, não o dos sapos com cores de esgoto.

A libélula decidiu não discutir mais.

— Obrigada, senhor lagarta.

— Ande logo, porque aqui só me atrapalha! Vejo você lá! Só preciso terminar meu trabalho. Aliás... — E voltou a digitar na máquina de escrever de madeira.

Em seu caminho, a libélula ia pensando no que havia escutado:

Na verdade, acho que deve ter razão. Ele fala melhor que a joaninha e explicou melhor o caminho. É, quem lê mais fala melhor, então é melhor também.

Seguiu reto sem parar, com o vento gelado como sorvete batendo em seu rosto. Só pararia quando encontrasse a bifurcação (fosse lá o que isso fosse) e seguiria pelo caminho das maçãs vermelhas como sangue, e não dos sapos verdes como esgoto. Credo! Jamais seguiria por esse caminho; eles a engoliriam fácil.

Ela encontrou um laguinho que seguia por dois caminhos, como o senhor lagarta havia dito. Devia ser a bifurcação. Por garantia, perguntou a um louva-deus sentado em uma vitória-régia que boiava pela água.

— Senhor louva-deus, aqui é a bifurcação que leva à flor mais bonita de todas?

— Oi! É por aqui, sim — respondeu ele com um sorriso de poucos dentes. — Mas eu não iria pra lá se fosse tu.

— E por que não? É o lugar onde há coisas mais belas! Acabei de aprender a voar. Quero ver o que se tem de bom.

Ele riu.

— Pois eu não seguiria lá, não. Não vai pelas maciera, os sapos são mais melhor.

— Mas por quê?

— Nunca vi história de quem foi pra lá. — A libélula não gostou quando ouviu "pra", e pela segunda vez. — Volte pelos sapo. Tem umas pedras da boa lá. Uma cachueira que ó... Mas não vai por lá, fia. É prigoso.

— Os sapos verdes como esgoto me comeriam rapidinho.

— Mas ainda dá pra desviá, vuá rápido. Vai não. Óia o que digo. Conheço tudo por aqui, mas lá não me meto de jeito nenhum.

Ela olhou bem para os dois lados. Os sapos eram horríveis. Na certa que não passaria. Já as maçãs eram grandes e saudáveis, e havia muito sol. Além do mais, ele falava tudo errado.

— Eu vou pelas macieiras com maçãs cor de sangue. O senhor falou "pra" em vez de "para". Não devo levá-lo em consideração — disse a libélula.

Ela seguiu o caminho. O louva-deus pensou em pular para ir atrás dela, mas desistiu. Encostou a cabeça e ficou a olhando a libélula se afastar, fazendo "Tsc, tsc, tsc!" com a boca.

O caminho naquele lado da bifurcação devia ser muito parecido com o paraíso. Os peixes dourados dentro da água transparente como vidro refletiam a luz do sol. Na beira, sombra. As raízes das enormes árvores lotadas de frutas eram visíveis, e o vento era gelado como sorvete, só que mais refrescante.

Isso é viver, pensou. *Imagine se eu tivesse ouvido aquele bicho banguela! A joaninha e o lagarta é que estavam certos.*

Voou mais um pouco e virou na curva que o caminho fazia. Encontrou o fim da água e algo que jamais conseguiria descrever, nem em cem anos. O caule era verde-imperial com folhas perfeitas, como se fossem calculadas. O seu entorno parecia brilhar.

As quatro pétalas cor-de-rosa em formato de coração eram enfeitadas de fios dourados que passavam das bordas e dançavam ritmados com a brisa. O miolo era avermelhado com o tom mais bonito que a natureza poderia pintar.

Aproximou-se o mais rápido que podia. Os olhos arregalaram-se e os lábios caíram. Não precisava de mais nada pelo resto da vida. Aquilo era o ápice. Não tinha como algo mais bonito existir.

Conseguiu sentir o cheiro, a união do perfume de todas as flores do mundo harmonizadas como notas em uma sinfonia.

A libélula sentiu-se mais acolhida do que junto da mãe. Segura e em paz. Todos deveriam ter a mesma oportunidade que ela. Quando estava bem pertinho, o coração se tornou fogos de artifícios dignos de Ano-Novo, a respiração acelerada. O sorriso e os olhos começaram a chorar. As lágrimas não conseguiam descarregar toda a emoção. Riu alto, bateu palmas, voou alto e desceu perto outra vez. Gritou em felicidade. O perfeito era real, e ela precisava tocar aquela bênção. Quando o fez, foi engolida de uma vez só e morreu derretida no ácido do estômago de uma planta carnívora.

A libélula nunca viu o cinza da flor, nem sentiu o cheiro pior que o dos sapos que estavam no outro lado do rio.

Ovelha e suco de uva

Desde que era um cordeiro, seguia aquele trajeto conhecido e trilhado por muitas antes dele. A mãe já era grande, comparada ao seu tamanho, mas aquele lago parecia ir além dos limites da proporção.

— Daqui a água é boa — ensinou o carneiro, seu pai, desde sempre, da mesma forma que fora ensinado.

O pasto ao redor era verde e saudável, assim se mantendo pelas pequenas ondulações campo afora.

Por anos a se seguirem e que seguiram, aquele cordeiro correu pelo espaço aberto, sempre voltando ao mesmo lugar quando precisava tomar água.

Com os cuidados do tempo, virou uma ovelha grande e felpuda. Um belo espécime, nuvem terrena e ambulante. Teve também seus cordeirinhos e os avisava desde sempre:

— Daqui a água é boa. — E tomava um gole, mostrando como deveriam se posicionar para não correrem o risco de cair e se afogar n'água.

Era rotina fazerem uma longa parada à beira do lago. Certa vez, no caminho de volta, o tempo virou. Os ventos livres do campo se irritaram, o céu teve suas nuvens acinzentadas e não demorou muito para ficar totalmente coberto, sem rastro de tons azulados. Ela chamou seus pequenos para perto. Os grossos e severos pingos despencavam, judiando de qualquer um em terra. Correram até chegar a casa, onde a mãe ovelha, agora já avó, os esperava aflita. Tudo estava bem até a contagem de cordeirinhos. As pernas da mãe fraquejaram quando percebeu que faltava um. Sem se dar ao luxo de falar qualquer coisa, saiu correndo atrás do filho perdido.

Em meio ao rebanho branco, ela gritava pelo cordeirinho. A falta de resposta a apertava, mas dava força a ela para empurrar a multidão de irmãs no sentido contrário. A chuva engrossava a cada segundo. Sua água era chibata que o vento balançava. Desprendeu-se do tumulto, tentando ver qualquer rastro do filhote, mas até manter os olhos abertos já estava difícil. A dor que o clima infligiu ao seu corpo em nada era comparada ao que vinha de dentro. As cenas que lhe vinham à cabeça, cordeiro perdido, com frio, com medo, pisoteado pelas outras, lhe deixaram tonta. Chamava em procura, andando conforme o ar enfurecido a carregava, olhando para o máximo de lados que podia. A visão turva, as pernas cansadas. O mundo girava, a lã enlameada, nada de seu pequeno. Arrastada pelo vento, quase sem controle de seus sentidos, caiu, rolando de uma colina, e bateu a cabeça.

○○

Abriu os olhos de leve. No instante seguinte, sentiu a onda dolorosa que lembrava os ferimentos do corpo. O sol estava alto, brilhante em seu lugar de reinado, sem nuvens de companhia. Lembrou-se do que acontecera, do porquê estava ali, e aí, sim, sentiu dor. Não quis pensar no que poderia ter acontecido ao seu filhote. Agarrou-se à única certeza que tinha: a necessidade de encontrá-lo. E foi isso que a pôs de pé. Mas estranhou muito o que via.

A grama não era tão verde. Não estava fresco. Pelo contrário, quente e abafado, a ponto de, pela primeira vez, sua lã incomodar. Não havia morrinhos, era perfeitamente plano, exceto pela coisa gigante e acinzentada, retangular, com dois cilindros colossais apontados para cima, emanando algo escuro e denso que se espalhava e perdia no ar. Nunca nem tinha ouvido falar de lugar assim no mundo, e sua curiosidade a fez se aproximar.

Quando chegou mais perto, viu que um laguinho cercava a coisa gigante, mas era muito diferente do que conhecia. Aquele era arroxeado, meio brilhante, não dava para ver o fundo e era alimentado por algo que saía diretamente do retângulo cinza, despejando escuridão lá dentro. Foi o barulho daquela queda que fez sua língua se manifestar. Estava com a boca seca, precisava beber alguma coisa. Não aguentaria tentar voltar para casa, muito menos procurar o pequeno com aquela sede. Mas seu lago, o lago de onde a água era boa, estava muito longe, nem conseguia fazer conta do quão longe. Nunca bebera nada que não fosse de fonte conhecida, aonde ia com seus pais e levava seus filhos. Era um caso excepcional, era preciso. Mas errado. Como poderia matar a sede sem ser lá? Só tinha disponível aquilo à sua frente. Procurou por qualquer poça ao seu redor, derivada da chuva, mas tudo estava seco, como se nenhuma gota tivesse caído por ali. Não faria mal, faria? Seria um pequeno desvio que a situação permitia. Por mais que a cara da água não fosse muito boa, seu cheiro era adocicado.

Abaixou-se, devagar, e deu o primeiro gole. Era um gosto que nunca tinha sentido antes. Lembrava aquelas frutinhas pequeninas e redondas, vindas em cachos que comia às vezes junto da mãe quando criança, mas com algo totalmente diferente. Doce, gostoso, saboroso. Deu mais goles. Como era bom, como fazia o paladar pular. Algumas coisas sólidas vinham junto, mas não fazia diferença. Queria mais. Sentiu a bebida descendo e causando uma dor estranha; de que importava? Colocava mais e mais na boca. O seu antigo lago não era nada, aquilo é que era uma boa água. Bebia, bebia e bebia sem conseguir parar. Seu corpo doía, uma ardência interna, mas nem se importou. O sumiço do filho pareceu, por um instante, não tão grave quanto a ideia de sair dali.

Ela não podia ver, mas sua pelagem estava saindo do branco para um roxo forte. Sua carne, por outro lado, avermelhara. Mas aquele gostinho da fruta no fundo, com todas as outras coisas estranhas, compensava qualquer sensação.

Na gana de beber mais, pisou em falso e caiu dentro do lago. Sentiu a pele queimar, batia as pernas e cascos no esforço de não afundar. A lã se desprendeu do corpo e dissolveu-se naquele banho químico, e a ovelha teve seus pulmões invadidos pelo líquido, consumida pelo que saía do cano vindo da fábrica. Em poucos minutos, seu corpo se diluiu com todo o resto da podridão.

Seus filhos, porém, nunca se esqueceram do conselho:

— Daqui a água é boa.

Juízo

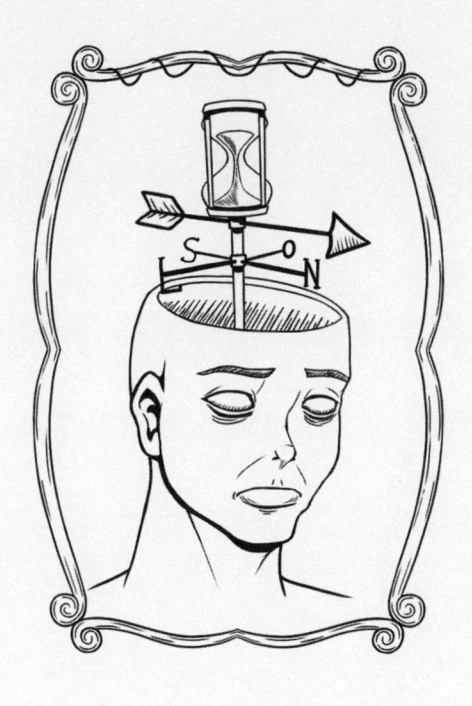

Casa. Carro. Estrada. Cruzamento. Semáforo. Reto. Dobra. Estacionamento. Vaga. Porta. Ar. Cumprimento. Digital. Cheiro. Café. Cumprimento. Senta. Digita. Fala. Digita. Papel. Papel. Papel. Planilha. Sala. Chefe. Grito. Engole. Sai. Papel. Papel. Papel. Planilha. Relógio. Porta. Quente. Porta. Serve. Cadeira. Ri. Preço. Cartão. Porta. Quente. Porta. Ar. Digital. Café. Papel. Papel. Papel. Mensagem.

Resmungo. Papel. E-mail. Papel. Planilha. Expira. Levanta. Digital. Porta. Quente. Carro. Resmunga. Mercado. Casa. Mulher. Criança. Banheiro. Come. Lembra. Papel. Come. Lembra. Papel. Levanta. Cama. Mulher. Dor. Cabeça.

Anos.

Casa. Carro. Estrada. Cruzamento. Semáforo. Bate. Quebra. Voa. Cai. Fim.

O que não pensar de Jucileia?

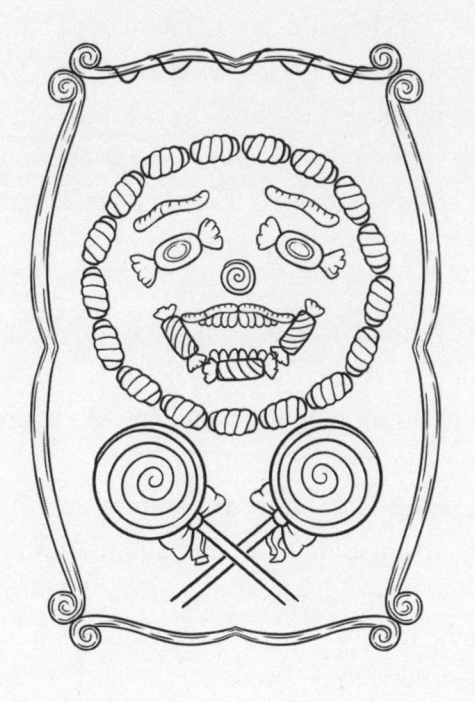

As paredes de bolo de aniversário, as mesas de rapadura e as poltronas de marshmallow. Crianças com olhos de bombom, pele de caramelo e cabelo de alcaçuz. Esse era o mundo de Jucileia. Para ela, não existiam ursos de pelúcia mais fofos e bondosos do que qualquer estranho que cruzasse seu caminho nas ruas.

Jucileia jamais levantara a voz para ninguém. Jucileia não tinha memória do sabor do sal. Passava o dia copiando e colando, resolvendo problemas de quem não sabia que ela existia. E ela não se importava com essa desimportância. Não era o importante. Estava ajudando, e isso era legal.

Jamais cometera um atraso, tampouco compreendeu os esforços bocais necessários para articular um *não*.

Seus pais nunca tiveram problemas com ela.

— Ah! Doce agora, Jucileia! Doce como geleia, ô, Jucileia! — dizia sua mãe. Ela ria e ria, por mais que não entendesse a piada. Já fazia anos que não mais a ouvia.

Não se lembrava de um dia de chuva, de uma única nuvem negra sequer. Não se lembrava de já ter visto defeito em alguma coisa, com seus olhos da profundidade de sua retina.

Suas demandas e tarefas não pararam de aumentar, na contramão de seu ordenado. E, com o mouse de algodão e o teclado de chocolate, fazia o que lhe era mandado com a mais absoluta felicidade.

Jucileia morreu de overdose.

Coroa

— Já chegou — disse a secretária, abrindo a porta.

Ele estava de pé, olhando os céus pela enorme janela de vidro. Virou-se, deixou o copo sobre a mesa que lembrava carvalho e respondeu:

— Deixe que entre.

O sujeito entrou sorridente, vestindo um terno vermelho alinhado, de corte italiano.

— Obrigado, querida — disse o visitante à secretária. O Outro acenou com a cabeça, e ela se retirou. Quando a porta bateu, o visitante abriu os braços e falou alegremente:

— Quanto tempo! Sentiu saudade?

— Sente-se, por favor.

— Vou mesmo. As cadeiras de lá não são tão confortáveis quanto as daqui — disse, acomodando-se em uma das poltronas. — Tapete bonito. É novo?

— Quer beber alguma coisa? — perguntou o Outro, dirigindo-se ao bar perto da imensa prateleira que cobria a parede e estava lotada de papéis enrolados.

— Algo gelado, por favor.

Ele levou um copo d'água com duas pedras de gelo.

— Olha só! Limpa!

Sentou-se na cadeira amarelo-canário atrás da mesa. Apesar de estar de costas para a luz que vinha da janela, seu semblante continuava claro, com os olhos azuis destacados pela florida camisa praiana.

— Então, o que quer?

— Quero fazer alguma coisa. Já é minha hora.

Ele suspirou.

— Lúcifer, já temos um acordo.

— Eu sei, Pai! Sei bem. Mas já faz mais de setenta anos que não faço nada grande.

— E a Guerra do Vietnã?

— Foi algo local.

— Guerra da Coreia?

— Aquilo chegou a ser cafona. Eu estava sem criatividade; fiquei todo gasto com a Alemanha.

— A humanidade está até indo bem nos últimos tempos. As coisas ficaram rápidas desde que mandei Turing e Jobs. Não estão merecendo uma de suas contribuições espontâneas.

— Bem? Eles estão acabando com o trabalho que nós fizemos lá no início. Foi um processo longo!

— Talvez, se você não ficasse cochichando no ouvido deles... Começou com a Eva e depois não parou mais.

— Se não tivesse me expulsado de casa, talvez eu não fizesse isso pra chamar Sua atenção.

Ele sorriu.

— Não vem com esse papo, Luci. Eu te criei, te conheço. Faz porque gosta.

— Mas eles são nojentos, e arrogantes, e egoístas, e tarados. Como são tarados! Já viu o que o tal Freud escreveu? São seres assim, estúpidos, que o Senhor mantém naquela beleza colossal.

— É, o Sigmund viajou um pouco... Mas, ainda assim, são seus irmãos, filhos Meus.

— Que se matam, se roubam, se odeiam, e sem precisar da minha ajuda, hein! Não precisam de mim pra isso!

— Mas você não ajuda nem um pouco, né?

— Eles merecem! Se dependesse de Ti, só ia mimar. Deu o Éden pra eles assim que nasceram! O Rafa, o Gabi e eu só pudemos entrar lá com dez milhões de anos e meio.

— O caso de vocês é bem diferente do deles.

— E, na primeira oportunidade, Te traíram! Mostraram como são ruins!

— Assim como você Me mostrou que era ruim quando tentou Me derrubar.

Lúcifer não respondeu. Terminou de tomar sua água e pôs o copo em cima da mesa.

— Deixe eu ir lá e fazer o que precisa? Eles merecem ser punidos! Todos eles! Trucidados, dilacerados, esquartejados... Não ficar perambulando de lá pra cá no que nós fizemos.

O Senhor apontou o dedo na cara do Diabo.

— Eu sou Dono de absolutamente tudo, e, enquanto você morar debaixo do teto do Meu universo, que Eu sustento, usando o terno que Eu criei e respirando o ar que Eu inventei, você vai fazer o que Eu mandar.

Lúcifer franziu o cenho.

— Na Idade Média, eu era muito mais livre. Tortura, inquisição — ele riu —, até fiz um monte de vaca se devorar uma vez.

— E você não prega essas peças até hoje? É terremoto no Japão, é escravidão de crianças, banda Calypso, presidente louco eleito.

— Não, isso aí foram eles. Me deixa fora disso.

— Até transformar um homem em computador em plena lua de mel você fez, Meu filho.

Soltou uma risadinha.

— Aquilo foi engraçado. Mas não é disso que estou falando. Penso em algo global! O maior desafio desde a Segunda Guerra, algo que mexa com tudo.

Deus pensou um pouco.

— Pra quando o apocalipse tá marcado mesmo?

— 9 de setembro de 2403, se não me engano.

— Minha pobre natureza não dura até lá, não com eles fazendo copos daquele jeito. São muitos copos.

Ele suspirou fundo e olhou a bebida que tinha nas mãos antes de o filho chegar. Terminou o uísque em gole só e disse:

— Faz o seguinte: espalha uma doença nova lá, nada estilo peste negra, mas que dê um bom susto. Aí vou dar uma olhada no comportamento. Já os venho testando faz um tempo. Talvez algo assim sirva pra abrirem os olhos para algumas coisas. Dependendo, vou rever essa data. — Ele olhou fundo nos olhos do demônio. — Se dá por satisfeito?

Saíram faíscas do sorriso de Lúcifer.

— Muito. Jogar algo lá no meio da Europa pra começar legal.

— De novo? Já fez isso antes.

— Verdade. Quem sabe México?

— México? — Ele torceu o nariz. — Não sei. Eles estão numa situação delicada, vai acabar com eles e realmente não quero que isso aconteça. Chaves é muito bom.

— Que tal a China?

— China é legal. Bastante gente, economia anda crescendo. Pode ser lá.

— Alguma preferência de doença?

Deus pensou um pouco.

— Ah, altera um vírus qualquer.

— Que seja, então!

— Mas só mata gente que vai pro Purgatório. E não pode matar o Nelson, aquele que mora ali no final de Realengo, sabe? O Nikita de Tver, o Sérgio da Lomba Grande também não pode, e o Silvio Santos.

— Por que não posso levar o Silvio Santos?

— Ele foi uma freira com catarata que morava no Oriente e adotava órfãos. Aí reencarnou rico e previsto pra morrer com cento e trinta e sete; um caso à parte.

— Como quiser, então.

O Diabo pulou da cadeira e ia saltitando até a porta, quando Ele falou:

— Vai ver como eles são solidários, como vão ter noção do que se passa e se ajudarão.

— Vai se decepcionar. Aliás, quero ver como Você vai dar a notícia pro J.

— É. Ele vai ficar uma fera.

Lúcifer acenou e foi embora, batendo forte a porta ao sair.

Deus sorriu:

— Adolescentes.

Posfácio

Larrosa, em sua obra literária inaugural, nos convida à embriaguez da vida cotidiana e da existência humana. *Contos embriagados* nos apresenta os problemas comuns que enfrentamos todos os dias, que não nos deixam esquecer o que é a vida e do que ela é feita. Não é necessário nenhum esforço para nos identificarmos com os temas presentes em vários contos. Na verdade, os temas se revestem de alegorias, e isso pode exigir algum esforço do leitor; afinal, a dimensão simbólica da linguagem é mais desafiadora. Mas a surpresa e o encanto em cada página não seriam os mesmos sem seus desafios.

"Distância entre dois galhos" nos faz pensar que não é a distância de um rio que destrói um amor eterno. É preciso uma outra coisa. A vida cotidiana aparece em "Entre dois espaços cheios, só há o meio vazio" e nos lembra de que há algo pior do que saber que escolher é perder sempre: é perder a própria oportunidade de escolha. "Dedicação" nos descreve como ela é no primeiro parágrafo. E, se não fosse o concerto de um violinista virtuose, a que outra dedicação essa descrição poderia se referir, não é mesmo?

Em "Cúpula do saber", facilmente se identifica a expressão popular "olhar o próprio umbigo". É (quase) uma coincidência que o clímax desse conto mostre também uma parte do corpo humano. "O rebanho" materializa um encontro entre clássicos da Literatura ocidental, com nítidas referências a *A revolução dos bichos*, de Orwell, e *A seriníssima república*, de Machado de Assis.

"Botões", o motivador do atrito entre Zilda e Roseli, nada mais é do que as insignificâncias que nós teimamos em gastar nossas horas-vida. "O que não pensar de Jucileia?" atualiza e traz uma outra Poliana, que acaba morrendo. A *causa mortis* é uma overdose de sins.

"Para o Observador" e "Traição" são cartas endereçadas a entidades muito conhecidas por nós. No primeiro, o filho questiona o pai Tempo, criador ou criação da humanidade. No segundo, a mensagem é um acerto de contas, enviado pela Felicidade (irritada, com toda razão). O último e genial "Coroa" retrata a conversa entre Deus e um Lúcifer adolescente e nos oferece uma explicação para os descaminhos, os descabimentos do mundo. Seria essa uma melhor explicação para tudo que já aconteceu conosco?

Contos embriagados nos diverte, nos convoca a pensar, nos surpreende, nos intriga, nos encanta. Que sejam apenas os primeiros contos e a primeira obra literária de Larrosa.

Veronica Pasqualin Machado
Professora de Língua Portuguesa, Língua Inglesa e Literatura no IFSul – Campus Sapucaia do Sul.

FONTE Bookmania
PAPEL Polen Natural 80 g/m²
IMPRESSÃO Paym